KB127466

둥근달도
삼각형으로
보일 때가 있다

박기홍 제3 시집

이지출판

제1부 어른이 된 걸 후회했다

제2부 뭐가 두려우세요?

제3부 젊은이여, 실컷 웃어라

제4부 알아들을 순 없어도

제5부 구름이 하늘을 가릴 순 없다

제1부

어른이 된 걸
후회했다

새소리 귀 기울이며

선승禪僧이나 도인이 산속 새와 무슨 교감을 했다는
말 들은 적 있거니와
까마득하고 아득하기만 하였어라
그저 잡념이나 좀 없애려고 나오는 주제에
그것도 서당 개처럼 자주 하다 보니 귀 기울일 줄도
알게 되었나니, 용하다면 용한 일이고말고

뭐라 뭐라 지저귀는 소리 매양 같은 것 같기도 하고
다른 것 같기도 한데, 기껏해야 밥 달라는 소리
짝짓고자 하는 소리 아니겠는가 하고 말았었더랬지

인간이야 정신과 의식을 지니고 있다고는 하지만
반면에 잡념과 망상과 쓸데없는 불안을 끊임없이
계속하면서 사는 것 또한 사실이라

저 맑고도 소박하고도 단출한 몸짓
꼭 필요한 것만 지닌 지혜 앞에서는 손톱만 한
돈오頓悟가 일어나는 것 같고
또 아주 더러는 그러니까 아주 홀딱 그 소리의
파문에 쏙 빠져들 때면
고막에 가물가물이나마 영혼의 파장이
와 닿는 것 같은 착각도 이는 것이로다

이만하면 교감의 경지는 아니더라도 몰아沒我의
문턱에 발을 디디는 것 같은 희열을 느끼기도
하는 것이다.

산

산은 관대하다
대죄大罪는 물론이려니와
사소한 다툼
온갖 후회스런 일들
스스로 껴안아
골짜기로 흘려보낸다
말끔히 씻어 버린다

산은 침묵하다
입 여는 걸 본 적이 없다
기쁜 일, 슬픈 일은 물론이려니와
무슨 애원이나 청탁도 않는다
더구나 남 얘기 같은 건 극비 사항이다
산허리 구름 보듯
그저 바라보기만 한다

산은 겸손하다
천하를 호령할 수도 있건만
결코 뽐내지 않는다
자세를 낮춘다
늘 고개 숙인다
오래 머물지 못하게
내려가는 길을 내주었다.

낙엽에게서

낙엽이란
그저 떨어지는 건데
분명 무슨 깨달음이 있어

혹자는 젊은 날 낭만을 생각게 하고
혹자는 차마 부치지 못한 편지 조각 같은
아쉬움 같은 것일 수도 있겠고

이제 인생 가을에 다다라
꼭 벌레 먹은 나뭇잎 같은 나를 보면서
이리저리 헤매던 지난날
어느 것 하나 똘똘하게 잡지 못하고 기우뚱거린
나를 보는 것만 같으니
산다는 게 이런 허무와 고독이라는 거

삶과 죽음이 시작과 끝이 아니라
오고 가는 것이라는
그리고 어디서 왔는지 어디로 가는지
알 수 없다는 깨달음

가을이여 낙엽이여
가을은 오고 낙엽은 그저 지기만 하는데
분명 깨달음이 있어

저 흩날리는 이파리 하나하나에도
번쩍이는 깨달음이 있어.

경건

4월 어느 날

복사꽃 꽃잎이 눈처럼 사뿐사뿐 내려앉고 있다
여린 씀바귀가 그 아래서 무더기로 흔들린다
바람인가
세상은 일제히 부활 중이다

벚나무가 자기 몸속 못을 뽑아내고 있다
느티나무가 좁쌀만 한 씨앗을 토해 내고 있다
은행나무는 노릇노릇 번데기 꽃밥을 볶는다

빗물인가
두 손으로 떠받고 있는 대지

경건하다.

사랑

사랑을 말하는 사람보다
사랑을 아는 사람이 좋다

사랑을 아는 사람보다
사랑을 할 줄 아는 사람이 좋다

사랑을 할 줄 아는 사람보다
사랑이 몸에 배어 있는 사람이 더 좋다.

소

나는 소다
말 잘 듣는 소다
이른 아침부터 어둑어둑해질 때까지
주인을 위해서 일만 하는 소다

자본주의 들판의 소는
살아남기 위해서
주관을 포기한 채
몰이 당하고 있다
채찍 당하고 있다

나는 알고 있다
그들의 아귀다툼을
소수를 위한 다수의 희생을 똑똑히 보았다
음매하면서 분을 삭이고
되새김하면서 설움을 참고 있다

보기에 평화롭다고
불평 없는 것이 아니다
침묵한다고 생각 없지 않다
선한 두 눈으로
탁한 세상 그저 바라보고 있는 것이다

아직은 먼 산을 바라보고만 있는 것이다.

고독이나 난관 속에도

고독이라는 거
벗어나려고 발버둥칠 것이 아니라
그대로 손잡고 가다 보면
정이 솔솔 드는지
어느새 부담 없는 벗이 되기도 하더군요

난관이라는 거
죽도록 미워할 것이 아니라
그대로 좀 받아들이다 보면
스스로 기가 빠져 버리는지
어느새 슬슬 물러나기도 하더군요

기쁨이나 행복 뒤에
슬픔과 불행이 숨어 있듯이
고독이나 난관 속에도
희망의 빛이 가려져 있나 봐요.

어른이 된 걸 후회했다

일단
내 몸은 내 것이라고 치자

살다 보면
내가 아닐 때가 찾아온다

다른 맘을 먹을 때
세상에 쏠려갈 때
이미 나는 내가 아니었다

그때 어른이 된 걸 후회했다

살아간다는 것이
나를 버리는 과정인지도 모른다

살아가면서
사랑과 순수를 낭비하였는지도 모른다

나는 나를 버리지 않는다는 착각으로 오늘을 산다
그걸 인생이라 하면서….

삶에도 옷이 있다면

삶에도 옷이 있다면 어떤 옷을 입어야 할까
철에 맞게
나이에 맞게 입어야겠지
그리고 유행도 어느 정도 따라야 하겠지!

장소에 맞게 말하고
나이에 맞게 행동하기가
어디 그리 쉬운 일인가

찢어진 옷
때 묻은 옷은 아닐지라도
어색한 옷 입고 다니는 건 아닌지
남 보기엔 꼴불견인데
자기만 뽐내고 다니는 건 아닌지

삶의 옷을 생각하니
행동 하나하나가 껄끄럽다
누군들 남루한 적 없었겠냐만
안 어울리는 삶 멋없는 삶
하루아침에 바꿀 수도 없는 노릇
이제부터라도 맵시 좀 부려야겠다

누구의 것도
누구에게 기댈 수도 없는
나의 그림자 아닌가.

그러니까

사람마다 자주 쓰는 말이 있고
그것을 양념처럼 쓴다면야 무슨 흉이 되겠는가

내 친구 중 '그러니까'를 습관처럼 쓰는 이가 있었다
다음에 나올 말 뻔히 알고 있는데
연신 '그러니까~'라며 말을 이어가는 것이다

세상 한편에서 하는 이야기를 자기 논리처럼 말하고
근자에 떠돌던 뉴스를
자기만 알고 있는 것처럼 이야기할 때
언제나 '그러니까'를 연발하면서
말 줄만 바꾸는 것이다

'그러니까'는 전후 관계를 매끄럽게 하는 연결 부사?

그러나 그는 똑같은 말을 반복하기 위한
추임새쯤으로 여기고 있으니
아무리 습관이라고 하지만
듣는 이로선 짜증 지수가 올라갈 수밖에 없다

인내력 부족한 누군가가 호되게 지적하지 않았다면
지금도 어디선가 '그러니까' 하며 동어반복을 하고 있을

문득 그 친구 안부가 궁금해진
햇볕 따스한 겨울날 오후.

복수초

하느님이 아직까진 노여움을 참고 계시나 봐

눈 속에 틔우게 하려고 여태 씨를 품고 계셨다니!

둥근달도 삼각형으로 보일 때가 있다

어쩌다 세 식구 멀리 떨어져 지내는 밤
딸은 북경, 아내는 광주 처갓집,
난 부천

보름달이 맑았다

"아빠, 달이 너무 예뻐요. 엄마 아빠, 보고 싶어요."
"여보, 저 달 좀 봐요."
"딸아, 거기 보름달 보이니?"

천사같이 웃는 달님에게 보낸 세 식구의 눈빛
그 선이 그린 21세기 피라미드

삼각형 세 변 합은 불변
달 공전 자전도 불변

둥근달도 삼각형으로 보일 때가 있다.

모방

50억 년 전
별에서 처음 나올 때
또 어머니 뱃속에서 날 때부터
인간은 모방으로 시작하였다

본능인 동시에 폐습인지도 모르리라

우리는
남 흉내 내기 좋아하면서도
들추어지는 걸 싫어한다
기를 쓰고 흉내 내면서
기필코 감추려 든다

콩알만 한 것도 자랑하고 싶어 하지만
수박 같은 잘못도 덮으려 애쓴다

인간만이 가지고 있는
예절과 의식 그리고 도덕도
모방과 감춤이다
반려견이 주인의 감정을 체취로 알아차리듯
우리는 부지불식중不知不識中 긴긴 세월을 길들여 왔다

모방이 본능이라면
감춤은 습관이다
습관이란 어린 새가 날갯짓을 반복한다는 말
젖 무는 것
예절을 지키는 것
살아가는 모든 것이 그렇다

그것이 본능이든 습관이든 특권이든.

시계추

기쁨과 슬픔 사이를
왔다 갔다 하는 인간이여

한쪽에서 계속 머무를 거라고 생각하는가?

착각하지 마시게
한나절도 못 갈
기쁨의 끝
자고 나면 사그라질
슬픔의 끝

다 바람 쫓는 거 아니겠는가.

쥐똥나무

쥐똥나무는 여러 가지로 억울하다
황홀한 향기가 라일락 못지않은데도
쥐똥이란 이름을 가졌다
이름 알아주는 이도 드물다
울타리 만들어 집으로 가는 길까지 열어 주는데
사람들 눈길조차 주지 않는다.
반려견도 만만히 보았나 슬쩍하고 간다

이 자리를 빌려 사죄한다
어느 겨울 귀갓길 도저히 참을 수 없어
쥐똥 주렁주렁 달린 얼굴에 그만 실례를 하고 말았다
가엾고 억울한 쥐똥나무야
용서해 줄 수 있겠니, 미안하다.

* 이름을 쥐똥이라 한 것은 열매가 쥐똥처럼 생긴 데서 연유한 것이 아닌가 한다.

큰 착각

학교 때 자취하던
휘경역 부근 이층집

이삿날
짐꾸러미 탁상시계가 하필 버스 안에서 울려
한참 안절부절못했던 그 집

지붕도 그대로
모퉁이 가로등도 그대로였다

내가 살던 방 보고 싶어
마당이라도 보고 싶어
초인종을 눌렀더니

뜻밖에 되돌아오는 소리,
"됐어요!"

"응, 학생 왔능가!"
황해도 할머니 음성 기대했던
나의 큰 착각.

해바라기밭

인천 대공원 9월,
가을이 가득하다
해바라기밭이
노란 제복 입은 아이들 열병 연습장이다
'햇님 앞으로' 하는데도 몇 녀석은 딴짓을 부린다
얼마 후
꽃 속을 들여다보니
꿀벌이 꿀을 채우듯 씨앗을 가득 품었다
앞다투어 꽉꽉 채우기 위해 안간힘을 쓰고 있었다
그러던 어느 날
심술궂은 태풍이 몰아쳐
공원은 바빌론처럼 폐허가 되고
해바라기도 제 가슴 태울 틈도 없이
속수무책 당하고 말았다
겨우 몇 그루만
허름한 목욕탕 샤워 꼭지처럼 남아
애처롭게 겨울을 맞이하고 있었다.

후회합니다 사죄합니다

가난한 농부의 아들로 태어난 걸
원망한 일 후회합니다

그런 내가
가난한 자 눈 밖에 두고
가진 자에게 빌붙은 일
엎드려 사죄합니다

보잘것없는 내 모습
자책했던 한 시절 후회합니다
그런 내가
아름다운 여자만 넘겨다보던 일도
부끄러이 사죄합니다

걸핏하면 남 업신여기고
섣불리 속단한 내 경솔
누군가의 마음 밟았을 내 혀 또한 후회합니다
(마음속 처형을 일삼았던 그대들에게 진실로 진실로 미안합니다.)

조금만 건드려도 크게 상처받았던 나
행여 단점 드러날까 봐 발버둥친 일 부끄럽습니다

불의 앞에서 한 발자국 뒤로 뺐던
내 젊음, 내 과거 후회합니다
그동안 내 무임승차
모순으로 얼룩진 삶
핑계 대기 바빴던 잔꾀 부끄럽습니다.
진심으로 진심으로 그대 용기 앞에 백배사죄합니다.

회갑

하루
한 달
한 해
훌쩍 예순에 다다랐지만

지구가 꼬박꼬박 자전하면서
태양을 60바퀴나 공전했다고 생각하면
엄청난 사건이 아닐 수 없다.

제2부

뭐가
두려우세요?

감나무

작년 첫눈이 내릴 때까지 홍시 하나 달랑 매달았다가
조막 참새에게 자비를 베풀더니만
이제야 긴 겨울잠에서 깨어나 눈을 비비고 있다

산수유, 개나리, 복숭아, 벚꽃, 목련 줄지어 피고
그야말로 백화가 난만한데

감나무는 이제 겨우 어린아이 새 이빨 돋듯
이파리 조금 내밀고 있다

얼마 있으면 숲속 은자처럼 잎 아래 숨어서
피는 둥 마는 둥 꽃을 맺히겠지만
어디 사람들 눈에나 띄겠나

그대여
자잘하다고 눈 돌리지 마라
늦잠 좀 잔다고 꾸짖지 마라
핀잔주지 마라

가을이 깊어지면
가지마다 붉은 등불 밝혀
시린 마음 데워 주고 떫은 삶도 미소 짓게 한다

어쩌다 함박눈이라도 내리면
원색의 수묵화 한 점 언 마음도 녹여 주고.

나이가 들면서

나이가 들면서
맘에 드는 것도 없지는 않다
일평생 '빨리빨리'만 외치던 생각과 습관이
점점 느릿느릿 둥글게 둥글게 바뀌고 있다
그러니 곧고 뾰족한 세상도 모나지 않게 보인다
아니, 그런 것에 눈을 돌린다

식탁의 시계도 2할은 느려졌다
운전도 늙은 소처럼 느긋해졌다
언젠가 되겠지
그러려니 하고 기다릴 줄도 알게 됐다
'이 또한 지나가리'가 여생의 조언자다

하지만 이상하리만큼 세월은 빨리 간다
최근엔
지구가 더 빨리 자전하는 것 같은 착각을 일으킨다

벌써 여름이다.

낙엽은 져도

낙엽은 져도
넋을 잃지 않나 봅니다
오히려 정신을 번쩍 차릴지도 모릅니다

바람이 세차게 불어도
비가 차갑게 내리쳐도
흔들리지 않습니다
제멋대로 흩날리면서도 질서를 지킵니다
혼돈 속에 안정을 취합니다
엎드린 낙엽들이 두 손 모아 기도를 합니다

가을 뜨락은 커다란 교실입니다
색종이 오려 붙이고 만국기 날리는 교실입니다
낙엽 진 가을은 종교의 계절입니다
향기 머금은 시집입니다.

반복에 관하여

풀벌레 소리 긴 밤
아파트 칸 칸
하나둘씩 불이 꺼진다

어떤 이는 깊은 꿈에 빠져 있고
어떤 이는 힘들게 아이 잠을 재우고 있다
어떤 이는 한창 사랑을 속삭이고 있고
책을 읽기도 하고
음악을 들으며 핸드폰을 만지작거리고 있다

난
앞뜰을 서성인다

늙은이든 젊은이든
남자든 여자든
누구에게나 공평한 밤
머지않아 새날이 밝아질 것이다

어둠과 빛이 번갈아 찾아오듯
똑같은 일상이 반복되고
삶이 반복되고 역사가 반복된다

반복은 정지하지 않는 거
저 멀리 고속도로 불빛이 조는 듯 깜박인다.

사회적 존재

인간이
사회적 존재임은 부인할 수 없지만
꼭 사회적이어야 하는 것은 아니다

나는 분명 사회적이지 못했다
그러나 지금 와서 그걸 후회하지 않는다
노래 시킬까 봐 피했고
선생님이 물을까 봐 눈 돌렸다
모임도 이래저래 빠질까 궁리했다
그래도 그럭저럭 살았다

그 덕분인지 이젠 혼자 보내는 일에 익숙해졌다
혼자 책을 읽고
시를 짓고
서예를 익히고
기타도 친다

고독이니 외로움이니 하는 걸
친구로 여길 때가 많다
동반자로 모신 지 오래다
어쩌면 여태껏
홀로 걷기 연습을 해 온 것인지 모르겠다

인간은
고독 훈련이 필요한 존재.

고구마

물고구마는 꿀고구마에게 너는 왜 그렇게 다냐고
또, 호박고구마에게는 왜 노랗냐고
밤고구마에게는 왜 빡빡하냐고 묻는다

같은 고구마도 제각각인데
하물며 감자에게
왜 울퉁불퉁 못생겼냐고 따질 수는
더더욱 없다

아무도 답할 수 없는 질문
이유를 알 수 없는 실재
모든 사물에 숨어 있는 비밀

보이는 것은 현상일 뿐,
왜 그러느냐는 물음은
애초에 성립되지 않는 경우가 허다하더라.

뭐가 두려우세요?

뭐가 두려우세요?
통장 잔고가요?
일자리가요?
아니면
응급실이요, 요양원이요?
그래도 그럭저럭 이만큼 살지 않았다고요?

우리 마음을 알고 계신 분
속마음까지 읽고 계신 분
그분이 두렵지 않으세요?
무섭지 않으세요?

흉터 같은 죄
못다 한 참회

전 아예 눈을 감아 버렸어요.

겨울나무

세상이 꽁꽁 얼어붙어
아예 숨조차 쉬지 않을 것 같은 이 순간에도
나목裸木의 온몸에는
목적으로 이끄는 힘이 흘러
연두색 새 이파리를 수태受胎하고 있다

사람들은
봄에 꽃이 핀다고 한다
하지만 맞는 말이 아니다

봄은 겨울 속에 있었고
새순은 겨울나무에 배어 있었다

봄이 와서 꽃이 피는 것이 아니라
낙엽이 있어서
겨울나무 때문에 피는 것이다.

매서운 바람
혹독한 추위 속에서 피는 것이다

사람의 일도 매한가지
상처받은 뒤라야
모진 설움 지낸 다음에라야
새순이 돋는 법이다.

맹인

건넛마을 개울가
오두막 점방
아버지 심부름 갔다가
막걸리 반 되 정확히 담아 주시고
거스름돈도 잘 내주시던 키다리 할머니

복사꽃 화사한 날 부천 종합병원 대기실
"오랜만에 이쪽에 나왔더니 참 많이 변했네요" 하고
환하게 웃으시던
연안부두 어느 여관집 아주머니

외손녀 맞이하러
동네 입구까지 나와 계시다
먼발치에서 딸 발걸음 알아채시고
"은영이는 왜 안 오냐"고 서운해하신 정훈이 장모님

참 오싹했었더랬지

장애인의 날,
그들이 원하는 건 정상인과 똑같이 대해 주는 것
"맹인으로 태어나는 것보다 더 비극적인 일은
앞은 볼 수 있으나 비전이 없는 것이다"던
헬렌 켈러의 말

또 한 번 오싹했었더랬지

그날 TV에서는
인간문화재 조경곤 고수鼓手의 삶이 방영되었다
정상인처럼 똑같이 대화하고 북을 쳤다.

분리수거

어느 날
분리수거 더미 속 시집 한 권
조병화 시인의 《남남》

30여 년 세상을 날다가
여기 마침내 안착하시었다

수북이 쌓인 남루들
종이 상자, 낡은 가구, 버려진 옷
저들도 한때 화려하고 번쩍번쩍했으리라

그렇다
우리 삶도 포장 아닌 게 있으랴
가식이란 포장
허세란 포장

이 땅의 수많은 자리와 권세들
영원할 것 같았던 사치와 향락

머지않아 분리수거의 날이 오겠지
흔적 없이 사라지겠지

떠나는 자
머무는 자
남남의 동행이여.

참나리

장맛비 그친 계곡의 아침
농염한 입술 칠하고
주근깨 얼굴 부끄러운 듯
수줍게 웃는 여인

돌 틈 사이에서도
큰 나무 밑에서도
치마 살짝 들어올린 채
혼자 있어도 외롭지 않은 여인

무더위도 잊고
온 산 푸르름 다 이기고
지구 중력도 거뜬히
몸 비비꼰 여인.

섣달

매서운 추위를 누그러뜨려 보겠다는 듯
목화솜 같은 눈송이가 언 한강에 내려앉는다

해는 구름에 가리어 마치 보름달 같은 모습으로
중천中天을 향하고 있고
허둥지둥대던 청둥오리 떼 얼음 위에
나란히 날개를 접는다

몇 년에 한 번 올까 말까 한 순간 놓칠세라
얼음장 아래 물고기들 바깥세상 향해
일제히 두 손을 치켜들고 있다.

아내

젊은 날 내 욕심 꾸욱 참고 따라온 아내
이제 갱년기니 뭐니 끙끙대고
앞머리 희끗희끗한 걸 보면
나도 모르는 사이 묵은 정 들었나

햇볕 따스운 봄날
"빨래 좀 널어 줘요" 하고 어딘가 핵 외출할 때
아내 삼각 속옷까지 탈탈 털어 걸어놓고 나니
누가 보면 영락없는 반푼이고
조상이 보면 혼쭐날 문중 사건이지만

그동안 진 빚 때문인지
아니면 아내 따라올 봄볕 때문인지
속마음 또한 그리 나쁘지만도 아니하였다.

오월 햇빛

오월
눈부신 햇살
아, 티 없는 햇빛

선하게 살라고
좋은 생각 하라고
서로 더 사랑하라고
저 먼 곳에서 보내신 것이다
여기까지 오신 것이다
먼먼 곳에서
나에게도 오신 것이다

축복이다
함정이다.

저렇게 흥겨울 수가

내가 사는 동네 백화점 소풍

그 예쁜 이름의 모퉁이 인공 도랑
오므렸던 수련이 다시 벙글고
잉어는 살랑살랑 꼬리를 치기 시작하는데
비둘기들이 조회하는지 벌처럼 모였다
앉았다 날고 날다가 앉는다
뭐 그리 좋은지 잘도 퍼덕이고 재잘댄다

온통 회색인 녀석
날개에 흰 무늬 박힌 녀석
배때기 검은 녀석

서로 아침 인사를 한다
하루를 파이팅 한다
어쩌면 저렇게 흥겨울 수가 있는지

오늘 백화점 수지 맞을 게다
이렇게들 흥겹게 일하는데.

중매

몇 해 전 이른 봄
언 땅 삐죽 내민 보랏빛 제비꽃 하도 보기 좋아

특별한 이유랄 것도 없이
그냥 민들레와 짝을 지어 줬더니만

개망초란 녀석이 또 졸라댄 통에
노란 씀바귀와 인연를 맺어 주었겠다

꽤 먼 옛날 뒷동산 토끼풀하고
질기디질긴 질경이의 연분까지 더하면
팔자에 없는 중매를 세 번이나 한 셈이다

만사는 재미있고 자연스러워야 하는 것
꼭 짝짓고자 쏘다니는 것도 아니지만
용케 이런 일 또 눈에 띤다면 흐뭇한 일이고말고

마흔 넘긴 내 조카한테 좀 미안한 일이기는 하지만.

추억

나주역 택시 타는 곳

서울 아들네 다녀오시는지 짐꾸러미가 만만찮다
할머니는 걸음도 엉금엉금하면서
무슨 택시를 타느냐고 투덜대시고
할아버지는 짐이 얼만데 버스 오르내릴 거냐고
짜증을 내신다

배꽃 향기는 뭉게뭉게 들녘을 피어오르고
녹음은 밀물처럼 다가오는데

노부부는 이골이 난 소꿉장난으로
또 하나 마지막 추억을 만들고 계셨다.

나종엔 덱시 타는곳,
서울 아들네 다녀오시는지
짐부러미가 많만 했다
할매네는 걸음도 엉금엉금
하면서 무슨 덱시를 타느냐고
투덜대시고 할아버지는 짐이
얼마네 버스 오르내릴거냐고
짜증을 내신다.
배꽃향기는 뭉게뭉게 들녘을
뉘어오르고 죽음은 밀물처럼
다가오는데 노부부는 이들이
나 소풍길나으로 또하다.
마지막 추억을 만들고계셨다.

　　　　2014 빛기홍갓고만다

차라리 안 들렸으면

긍정으로 살아야
건강에도 좋고
정신도 여물어 가는 건데
자꾸만 생각이 거꾸로 기운다

멀쩡한 귀 가지고도 안 들리던 때 있었다
이젠 신문도 팽개치고 TV도 멀리하지만
갈수록 귀가 맑아질 건 뭔가

시시콜콜 들리는 소리마다 귀를 찌른다
세상이 시끄럽다

차라리 안 들렸으면 좋았을 걸
늘그막에 귀 좀 쉬었으면 좋으련만

아는 게 병이라 했나
부정하고 비판한답시고
속으로 쯧쯧 종알거리면서
어설픈 재단裁斷에 또 한 번 심신만 지친다.

출입금지 표지판

어린아이는 잔디밭에 들어가지 않는다
병사는 지뢰밭을 돌아서 간다
비밀번호는 누구에게나 전속 권한이다
학교에선 무용지물이고
나라 기록엔 아예 삭제된 지 오래다

세상은 항상 두 갈래
좁은 길과 널찍한 길
눈은 있어도 아니 보고 귀는 열렸으나 아니 들었다
늘 경계를 넘어섰다

가장 가까운 곳 헛눈 팔고
헐레벌떡 여기까지 왔다

자꾸만 휴지통에 구겨 넣고 싶은
나를 거부하는 표지판
도대체 누구의 것인가?
왜 이토록 붙잡고만 있는가?

패잔병

혈기왕성했을 때
선생이 되지 않겠다고 말했다
그땐 교실이 싫었고
검은 칠판과 분필 가루가 싫었다
지금 나는 그 말을 취소한다
역사 선생이나 국어 선생이 못 된 것을 후회한다
일류 대학 못 간 것보다
몸 아끼지 못한 것보다 더 후회한다

그래도 세상과 동떨어진 곳
시정市井의 때가 덜 탄 곳
경쟁 같은 거
물질의 덫들 조금은 덜할까 해서…

골든벨에 비친 선생님들 얼굴이 순수하다
눈빛이 맑다

나는 오늘도 패잔병으로
소용없는 일기를 쓴다.

제3부

젊은이여,
실컷 웃어라

나는 한 마리 개였다

사서오경 공자 주자의 굴레에
빼도 박도 못하게 단단히 박혀
감히 아무도 벗어나지 못하던 시절

이理가 근본이 아니라느니
어떻게 진리가 하나일 수 있느냐느니
인간의 욕망이 자연지성自然之性이라느니 하며

선비고 벼슬아치고
그림자 따라 짖는 개와 무엇이 다르냐고 했으니

나라가 시끄러울 수밖에
혹세무민惑世誣民의 죄목으로 탄핵당할 수밖에

모든 걸 미리 알았던지
아예 '분서焚書'라 이름하고
차디찬 감옥에서 단도로 자기 목 찌른 인물

나이 오십 이전에는 한 마리 개였다고 실토한
좋게 말하면 자유분방, 나쁘게 말하면 이단아,
명나라 이탁오李卓吾
1602년 76세로 졸하셨나니

그때 조선 땅에선 선조와 사림이
나라를 말아먹고 있었다
난세에 영웅 난다고 허균이란 조선 천재가
그 이탁오의 책을 몽땅 구해 탐독하였나니
홍길동전으로 개혁을 외쳤지만
결국 역모죄로 비참한 죽음을 맞이하였다

얼마나 기막힌 반역린反逆鱗의 운명인가
늘 그랬듯 참말로 아찔한 순간이었다

지금 그 나라는 두 동강이 나
미국 변두리에서 오천만이 살고 있다.

노년의 입구

또 한 번의 순환을 보내며
뭔가를 쓰고 싶은 12월

내가 일군 밭은
꽃밭이 아니었다
묵정밭이나 다름없다

아무리 생각하여도
사랑은 늘 부족했고
자유는 말뿐이었다.
성취는 이루지 못했고
깨달음도 헛발질이었다

얻은 것 없어
잃은 것 또한 없다

12월 양지 말 따스한 햇볕
한 줄기 꿈이 아른거린다
사랑과 인내
그리고 마음의 평정과 사유의 자유로움
그런 꽃밭이

노년의 입구에 도착했다
다시 밭을 일굴 때다.

고들빼기

오늘 아침
가난한 식탁에 앉아
쌉싸름한 고들빼기나물을 씹는다

먼 남녘 돌산도 바닷바람
따스한 햇볕
흙내음을 먹는다

접시꽃 필 무렵이면
해마다 보내 온 오랜 친구 보따리
긴 환멸 속에 살다가도
살아갈 가치가 있음을
새삼 깨닫는 아침이다

오늘 아침
마른 식탁에
웃음 한 접시
접시꽃 한 움큼.

* 임보 시인의 〈산나물〉을 읽고 내 방식대로 지어 본 것이다.

새 가게 앞을 지나며

또 가게를 헐어내고
야단스럽게 공사를 하고 있다
주인이라면 몰라도
임차인한텐 속을 다 도려내는 아픔이겠지
영업이라는 게 애써 저렇게
가구 바꾸고 조명 새로 해서
조금이라도 나은 것으로 바꿔야 하는가 보다
야속한 손님은 새것이라 웃겠지만
그들에겐 눈물이고 피 아니겠는가?

음식점은 음식점대로
소매점은 소매점대로
다른 가게 눈치 고객 눈치 직원 눈치
또 나라님 눈치

새로 꾸민 가게를 지날 때면
이 도시가 살 만한 곳인가
사회가 어디로 가고 있는가
가난이 무슨 업보인가 하고
괜히 쓰린 눈물을 삼키게 된다.

기억

꿀벌은 햇빛 기울기를 기억해서 집을 찾고
개미는 배설물 냄새를 기억했다가 집으로 돌아온다

과연 인간은 어떤 기억으로 집으로 가는 걸까.

동백

즐겨 가는 산책길
호수 마을 이층집
동백꽃이 곱게도 피었다

저 꽃이 유독 눈에 들어온 이유는
오동도 애절한 사연도 아니요
이를 악물고 참았다던 선운사 울음 때문도 아니다

어렸을 적 뒷동산
그 예쁜 것을 주워다 쭈욱 빨던 기억
달짝지근한 맛 때문이다

섧기도 해라
어여쁜 동백이여

가족 같은 동백이여!

새들도

하루아침에 무대를 떠난 연예인, 정치인의 추락처럼
바다 위를 날고 이 나무 저 나무 옮겨 다니는
새들도 추락을 알까?

기름진 식탁과 화려한 의자도 한때의 덧없음인 것처럼
잎 떨구는 가을날, 앙상한 가지를 보고
새들도 허무를 생각할까?

왜 나한테만 이런 시련이, 하는 원망처럼
눈비 오고 바람 세차게 몰아칠 때
새들도 세상을 원망할까?

저 멀리 인도 땅 수드라가 꾸는 환생의 꿈처럼
인간들 모습 훤히 내려다보면서
새들도 인간으로 태어나고 싶은 꿈을 꿀까?

새여, 부디 무념무상이길!

고산자古山子 김정호

시야 퍽도 넓은 분이었다
조선팔도 스물두 첩에 담았다
오직 백성들 위해서 판각板刻까지 했다
신들리고 가슴 뛰었다
꿈 하나에 일생을 바쳤다

백두산 탐라국 할 것 없이
조선 땅 삼천 리 떠돌며 재고 그렸다
나라 할 일 혼자 했다
처절했다

족보 한 줄 없이 생몰 연대조차 묻힌 채
아무 자취 없이 떠나셨다
뒤늦게 목판 열한 장 나와 보물 되었다
행당동에 고산자로 남겼다

길 위에는 신분도 귀천도 없다
강은 산을 넘지 못하고 산은 강을 넘지 못한다,
이런 말씀 전했다.

사도

생각할 사思 슬퍼할 도悼
아버지가 아들 죽이고 지어 준 이름이다
자결하라고 종일 다그쳤지만
죽음이 두려웠던 것인지 대항하였던 것인지
그만 뒤주 속에서 9일 만에 죽고 말았다

아들 잘 되기 바라는 마음
예나 지금이나 인지상정人之常情

그림 그리기 활쏘기 좋아하는 아들
못마땅해한 아버지
이 나라 52년 재위 임금 영조

정신병도 그런 정신병 없지
옷 한 번 입기를 수십 번
혼쭐나고 물러서면 궁녀의 목을 쳐서라도
피를 봐야 직성이 풀렸던 아들

엄마 사랑 부족이었을까
아버지의 엄격 때문이었을까
이른 세자 책봉 대리청정이 문제였을까
하여간 내내 부자간 상극 지독한 불통

참, 이런 눈물 가족도 지구상에 있었다는 사실…

슬픈 아버지와 아들
비운의 어머니 혜경궁 홍씨.

세상은

가진 자는 극소수
그들은 더 가지게 되고
조금 가진 자는 그것마저 언제 빼앗길지 모른다

가난한 다수는 늘 비켜 줘야 해서
설 자리가 너무 비좁다

부자를 더 안락하게 하고
가난을 더 위태롭게 하는 건
상속, 아니 부의 세습이다

그래서 세상은 소수의 놀이터
사자가 가젤을 모는 세렝게티

가난해도 행복할 수 있다는 말
부자는 천국 못 간다는 말
역설이고 위선이 아니라면 얼마나 좋을까

여태껏 걸어온 60년
변하지 않았다
수그러들지 않았다
이렇게 달려왔다

과연 세상이 곤두박이칠 날은 올까
가던 길 거꾸로 돌릴 세상 볼 수나 있을까

그날 그날을!

꽃잎의 경이

여기저기 꽃이 흐드러지게 핀 봄날
바람은 뭐가 그리 못마땅하였는지 한나절도 부족하여
종일 짓궂게 휘몰아치셨다
창문 쾅쾅 두들기고 가로수 휘청거리는데도
꽃잎은 호락호락하지 않았다.
생각해 보라, 저 연약하고 부드러운 벚꽃이며 살구꽃이
얼마나 발버둥쳤겠는가
팽팽히 맞서는 저력, 완강한 버팀이 어디서 나오는 걸까
뿌리인가 가지인가
투지인가 생존 본능인가
스스로 알을 깨고 창공을 나는 새들의 힘을 지녔을까
강풍 지난 다음 꽃잎이 더 몽실몽실하다는 걸
에메랄드처럼 더 찬란하다는 걸 보고서야
들꽃이 거저 피고
강물이 거저 흐르지 않는다는 걸 알았다
바람이든 구름이든
까닭 없이 움직이지 않는다는 걸 알았다
꽃잎에게서
만물의 신묘막측神妙莫測을 보았다.

능내역陵內驛

굴뚝 연기 멈춘 지 오래된
산골 마을 오두막처럼
기적 소리 아득하다

아기 울음소리 끊어진
호젓한 시골집처럼
기다림 멀고도 멀다

먼지 입은 개찰구
내 근황처럼
그림자도 찾지 않는다.

* 남양주시 조안면에 있는 폐역廢驛.

담쟁이넝쿨

담쟁이넝쿨이 훤칠한 은행나무 두 그루를
칭칭 휘감고 있다
까만 씨앗 같은 손으로 찰싹 암벽을 기어오르고 있다

아무 잘못 없는 은행나무, 얼마나 억울할까
어디 하소연할 수 없는 은행나무, 얼마나 괴로울까

세상일이란 하찮은 존재도 성가실 때가 있지
선량하고 죄 없는 사람 까닭 없이 당하기도 하지

천 년 산다는 은행나무가 설마 어떻게 되겠냐만
버르장머리 없는 담쟁이
뺨이라도 한 대 후려치고 싶다

그 흔한 고소도 기자회견도 못 할
저 은행나무를 대신하여….

버섯

여름철 장마 끝
죽순처럼 일어선 흰 버섯

생김새로는
갓 눌러쓴 속세 떠난 선승이거나
올망졸망 귀여운 동자승 못지않다

얄팍한 가면을 써야만 하는
음흉한 날갯짓 해야만 하는
그 고운 자태에 독을 품고 있다는 슬픈 사연

요술처럼 일어섰다가
두부 조각처럼 힘없이 뭉개져 버리며
한껏 뽐내고 유혹하는 것을 보면
애처로우면서도 섬뜩한 일이리라.

언제 올지 모를 불운

사람들은
언제 언제가 일생에서
중요하다고들 말하지

어떤 이는
어린 시절이 중요하다고 하고
누구는 고삼高三이 정말 중요하다고 하지
또 노년이 아름다워야 한다고들 말하지

하지만 정말 중요한 땐
예기치 않는 불운이 닥쳐올 때지
벼가 한창 여물 때 홍수가 덮치거나
한가로운 버들치가 물총새 먹이가 되는 것처럼
언제 어느 때
큰 고난이 닥칠지 모르지
정말 아무도 모르지

언제 올지 모를 불운
도둑처럼 찾아올 예기치 못한 일들
그게 우리 앞에 놓인 운명의 잔이지

아무도 가지 않는 길
우리가 걸어가야 할 길이지.

* 전도서 9장 11절 : 예기치 않은 때에 예기치 못한 일이 모두에게 닥친다.

역사는 반복된다

강처럼 긴 역사라고 해야
주변에 힘깨나 쓴 나라는 내내 우격다짐
시시때때로 집적거리는데도
우리는 두 패가 멱살을 잡고 싸웠다

어쩌다 천재일우 기회가 왔을 땐
무능한 지도자가 초를 쳐버렸고
살 만할 땐 흥청망청 허리띠를 풀고 말았다

2019. 11. 23
지소미아*가 가까스로 연장되었다
힘 있다고 오만을 부려도 유분수지
하기야 하나가 돼도 만만찮은 처지에
둘로 나뉜 나라쯤이야
슬그머니 또 깔아뭉갤 수 있겠다

환난은
먹고 마시고 장가가고 시집가다 도둑처럼 찾아오는 것
옹고집 부리다 난도질당한 민족이여
일어나자
정신 차리자
어서 깨어나자

역사는 반복된다
"뭉치면 살고 흩어지면 죽는다"
오래된 이 말
요즘 어느 때보다 절실하다.

* 지소미아 : 군사정보보호협정

이 정도는 돼야!

언제 소주 한잔하자던 사람
새해에는
아니면 추위 좀 가시면
얼굴 한번 보자던 사람
그러려니 해야 한다.
이 정도는 식언食言도 아니다

잘 갚겠다고 해놓고 돈 제때 안 갚는 사람
딱 한 번만 딱 한 번만 하고서
뒤돌아서서 또 바람 피운 사람
판검사 앞에서도 일단 오리발부터 내미는 사람
국민 눈 실컷 속이고도 근엄한 체하는 나리들

이 정도는 돼야 약속 운운할 수 있지
헌신짝이랄 수 있지

물이 많이 흐려졌다
대기도 많이 탁해졌다.

이별

이별한다는 건
저 들판을 향해 느릿느릿 걸어가는 것

먼 기억을 위에다 두고
한 발자국씩 지워 가는 것

무언가에 억눌려
아무는 일 더딜지라도

뒤돌아보면 시간에 묻혀 버릴 희미한 불빛.

* 박성우 시인의 〈나이〉를 내 나름대로 변용해 본 것이다.

젊은이여, 실컷 웃어라

코미디 프로를 봐도 영 웃음이 나오지 않는다
웃음보따리도 쭈글쭈글 늙나 보다
웬만큼 좋은 것도 좋은 줄 모르고
웬만큼 기쁜 일도 기쁜 줄 모른다

귀먹은 것도 아니고
눈먼 것도 아니다

유치원 웃음소리는 항상 와자지껄
경로당은 일 년 내내 적막
교복 입은 학생 서넛이면
조막 참새처럼 재잘대고
억지웃음 잘도 만든다

늙은이의 웃음보는 가문 날 우물이다
이끼가 살지 못할 우물
기쁨이 일지 않는다
웃음 한 바가지 긷기 빠듯하다

가장 작은 것에 불만인 사람은 큰 것에도 불만이다
새는 죽을 때 슬피 울고
사람은 늙어서
그때 행복했었지 하고 후회한다

젊은이여, 실컷 웃어라
웃찾사가 그대 떠나기 전에.

자업자득

길 잃은 고양이에게
병든 비둘기에게 물었다
얼마나 힘드니?
요즘 그래도 좀 살 만해요
기고만장한 인간들도
흰 천으로 입을 틀어막고 다니잖아요.

풀리지 않는 수수께끼

공자도 붓다도
플라톤도 칸트도
이 세상 성인 철학자 모든 스승은
인간의 정신,
생각을 점점 멀리할 거라고 경고해 왔다
그러나 세상은 꿈적도 안했다
외치고 외쳤지만 허사였다
문명 앞에서 의식이 무릎을 꿇었다
살기 좋을수록 편하면 편할수록
점점 더 생각을 멀리하였다

자동차 핸드폰이 그렇고
디지털 로봇이 그렇고
또 그것도 부족하여 AI가 곧 기세를 떨칠 판이다
앞으로 또 무슨 기술이 들어와
우리 눈을 속이고 귀를 먹게 하고
아예 정신을 흐트러뜨릴지…

이 수수께끼는 영영 안 풀리는 건지
세상 끄트머리가 어떨지 궁금할 뿐이다.

속도

개미는 더듬이로
먹잇감 하나 짊어지고 귀가 중이고
까치는 뾰족한 부리로
나뭇가지를 연신 실어 나르고 있다

개여울 잉어는
지느러미로 힘차게 물살을 가르고
서쪽 하늘 두루미는
마음껏 허공을 붓칠하고 있다

길가 담쟁이는
찰싹 붙어 기어코 담벼락을 기어오르고
그때 사람들은 고속도로를 다투어 질주하고 있다.

제4부

알아들을 순 없어도

구두 닦는 아저씨

30여 년째
부스도 없이
이곳저곳 돌며 구두 닦는 아저씨

자전거에 구두통 싣고
추우나 더우나
비가 오나 눈이 오나

식당으로 사무실로 술집으로 뱅뱅 돌고 도는 아저씨

세상을 닦는다
세월을 닦는다
자기를 닦는다

길모퉁이든 계단 한쪽이든
앉을 수 있는 곳 그의 둥지
먹이 찾아 떠도는 철새
망망 바닷속을 헤매는 해녀

구두약 묻힌 그 입가에
달고 다닌 한마디,
"아빠가 할 도리는 해야지요."

물려받은 건 가난
물려줄 건 억척.

눈

5·18광주민주화운동 데모 행렬을 보고 돌렸던 눈

강원도 철원 지뢰 작업 중 전우 시체를 쳐다본 눈

응급실 침대에서 쭈글쭈글한 어머니 자궁을 보던 눈

홍릉수목원 눈 속에 핀 노란 복수초를 보던 눈

이 나라 대통령 두 분이 수갑 찬 모습을 봐야 했던 눈

이제 수정체 주름이 가득한 고단한 내 눈.

들풀 같은 존재

당신은 필요한 사람인가요
아니면 무익하고 아무짝에도 쓸모없는 존재인가요
누구에게 도움을 준 적이 있나요
우산이 되어 준 적이 있나요
앞길 챙기느라
그럴 여유가 없었다고요?

실망하지 마세요
지사나 애국자 아니래도
특별히 잘한 것 없어도
이웃 사랑하는 마음
남 배려하는 마음으로
함께 있어 편안한 존재이면 되지요

맨몸으로 눕고 들풀처럼 일어선 민중이야
가장 어두운 곳에서도 빛을 찾지요
홀로 서야만 하는
들풀 같은 존재
이 얼마나 대단한가요.

말도 안 돼 1

인구 5퍼센트가
80퍼센트 이상 부를 가지고 있는 지구

우리나라도 그렇대
빈부 격차가 심하다는 거네

부가 소수한테만 계속 쏠리고 있다는 거지
방관만 하고 있는 거야

말도 안 돼!

정치를 잘못해서 그런 거 아냐

국민 수준이 낮아서
정치인이 국민을 우습게 여긴다고 하던데

수준 높아져도 골고루 잘 살 것 같지 않은데?

민주주의는 말로만 평등이야
자본주의는 원래 부자 위주였어

말도 안 돼!

우리 아파트는 많이 올랐대
서울에 비하면 아주 조금이야

그런데 아파트값이 오르면
아파트 없는 사람은 어떻게 되는 거야?

희망이 없어지는 거지, 미래가 없어
그냥 앉아서 손해 보는 거지

말도 안 돼!

말도 안 돼 2

법은 정의로운 거잖아?
그런데 왜 판결을 두고 이러쿵저러쿵하지
판사도 사람이니까 실수를 한 거겠지
아니야, 어떤 판사는
윗분들 눈치 보고 판결한대
그리고 대감님 영감님 등쌀에 못 이겨
양심을 팔기도 하나 봐

말도 안 돼!

금리가 오르면 부자한테 좋지만
가난한 사람은 손해잖아
금리가 내려도 부자한테 좋아
부자들은 돈 빌려다가 주식 사고 부동산 사거든
임대료도 쥐락펴락하고
그러니 금리를 올려도 결과는 마찬가질 걸
하여튼 자본주의는 부자 세상이야

말도 안 돼!

자유!
얼마나 멋있고 달콤한 말이야
계급 사회에선 그랬을지 몰라
자유 그 자체가 동경이었으니까
그런데 자유라는 이름으로
해고 근로자와 대기업이 싸우면 누가 이길까
사자와 토끼를 자유 경쟁시켜도 될까
자유 때문에 약자는 더 약해지는지도 몰라

정말 말도 안 돼!

균형과 조화

우리가 늘 바라보는
산이나 하천도 그러려니와
거기에 있는 바위나 새나 물고기는
부지기수 오랜 세월이 흘러서
절대 균형을 유지하고 있는 건데
그래서 아름다운 것이리라

또한
산새 한 마리 물고기 한 마리가
거기 살아야 하는 이유가 있고
아울러 깊고 깊은 이치가 담겨 있을 터인데

하물며 사람이야,
존재 이유가 더 존엄하고 숭고하리라

하지만 사람이야말로 가장 간교하여
조화와 균형을 일탈하기 일쑤이니
산과 하천
그 안에 숲과 물을 망가뜨리는 일이 그렇고
문명이라 하여
이 지구를 몸살 나게 하는 일들 생각하면
인간의 이성이니 존엄보다는
횡포와 죄악을 저지른 훼방꾼이라는 생각을
떨칠 수가 없는 것이다

세심히 꿰뚫어 볼수록
좀 깊이 생각할수록
더욱 그러한 것이다.

모과 생각

마당을 꽉 채울 만큼 주렁주렁 열린 도가 집
창가에 향기 맡으며 제법 선비 티내던 어르신 기억
이것이 첫 모과 인연이었다

가냘프디 가냘픈 연분홍 모과 꽃을 보고
모과를 떠올리기보다
꼬마 숙녀 입술을 생각했던 것은 한참 후 일이었다

어느 행가
아내 친구가 보내 준 모과차 덕분에
겨우내 끈끈한 향기 홀짝이던 일

산책길 모과나무 푯말을 보고서야
매끈매끈한 얼룩무늬 나무껍질을 알고
돌멩이처럼 올통볼통 모과가
이렇게 앙증맞은 꽃에서 나온다는 거
모두 쉰 넘어서 안 일이다

꽃이나 줄기는 건성으로 보고
열매에만 눈독 들였던 가벼운 습성
예나 지금이나 변하지 않았다

한 나무의 유익에 대해,
나무 없이는 지구가 생존할 수 없다는 진리조차
요즘 와서야 눈 뜨게 되었다.

기적

휠체어 탄 장애인이 공중 화장실에서
혼자 오줌을 누고 계셨다
용기에 떨어지는 또옥 똑 오줌 소리가
심청전 절규처럼 구슬펐다

기적은 바다 위를 걷는 것도
하늘을 나는 것도 아니다
땅 위를 활보하는 것,
꼿꼿이 서서 마음대로 오줌을 내갈기는 것.

도시

자동차와 핸드폰
반려동물과 커피숍으로
거대한 물결과
울창한 숲을 이룬
현대라는 이름의 도시

우리는 뜨거운 물 속 개구리처럼 속고 있다

밤하늘 별은 쉬지 않고 반짝이는데
물질이 영혼을 삼키고
공통체가 허물어지고 있다
산은 꿈틀대고
강은 굽이치는데
생명이 외면당하고
대지가 몸살 앓고 있다

도시 숲이 우거질수록
사람이 사람을 사람으로 보지 않는다

도시가 울창할수록
우리는 없고 자기만 남는다.

끈

하반신 못 쓰신 할머니가
전동 수레에 강아지를 매달고
공원 산책을 나오셨다
얼마나 호기를 부렸으면
당신 몸 추스르기도 버거운데
이끌려 나오셨을까

해는 어둑어둑해지는데
강아지 꽁무니 쫓느라
눈도 바쁘고 가슴도 콩닥콩닥이다

아무리 어르고 달래기를
종일 옥신각신하여도
하루 아침이 시작될 때 서로 눈을 마주친다는 것
돌처럼 무거운 몸 이끌고 귀가할 때
마음을 읽어 주고 가슴을 비빌 수 있다는 것

할머니한테 오직 하나 남은 끈이란 생각에
머지않아 곧 닳아 끊어질 인연이라는 생각에
해 질 녘 노을이 더욱 애처롭기만 하다

쓸데없이 많은 끈을 붙들고 사는 우리
관계의 끈
소유의 끈
혈육의 끈
성공이라는 허상의 끈을 붙들기 위해 얼마나 허둥대는가

차라리
강아지 끈 하나 남겨두고 떠날 할머니
깃털처럼 홀가분한 할머니
지는 노을 저편에서
나비처럼 훨훨 꽃밭을 날지도 모를 일이다.

나 때는 말이야

세월엔 그것이 지나간 다음에야
놓치는 것을 깨닫게 하는 독소가 있다
그래서 우리는,
다시 그때가 온다면
나 때는 안 그랬어
이런 버릇이 자생自生하게 되었다
"나 때는 말이야"(Latte is horse.)
이런 웃지 못할 유행어가 전염병처럼 퍼지게 되었다.

담배 한 대

밤 열 시경 부평시장 공원 벤치
생각보다 일찍 일을 마친 할아버지가
폐지 한 수레를 든든하게 실어 놓고
담배 한 대를 물고 있다

세상에 이보다 더 맛있는 담배가 있을까!

하느님도 흡족한 모습으로 보실 것 같다

밤공기가 부드럽다.

바둑

흰 돌 검은 돌 하나하나
가로세로 삼백예순한 칸 하나하나

거기엔
공격과 방어
번뇌와 쾌락
타협과 양보
허무와 충만
슬픔과 기쁨

그리고
기다림과 평정심
끈기와 투지
이런 인생살이 방식이 변주變奏되어 있지

기회와 위기
뜻밖의 묘수와 천추의 한이 될 자충수도 있고
가히 세상만태世上萬態 축소판이라 할 수 있지

그러나 결국엔
"상수에겐 놀이터지만 하수에겐 생지옥"
이 명대사보다 더 나은 함축은 없으리라

세상이란
현명한 사람한텐 누리는 곳,
어리석은 이에겐 끙끙대는 하루살이.

* 영화 〈신의 한 수〉 명대사

알아들을 순 없어도

1호선 인천행 전차를 기다리고 있는데
50대 농인聾人 아주머니 너덧 분이
플랫폼에서 흥겹게 수화를 나누고 계셨다

알아들을 순 없으나
남편 흉보기라든가 애들 자랑, 연예인 뒷소문
그런 세상 이야기는 아니었으리라

알아들을 순 없지만
경쟁이나 출세
정치나 경제 얘기도 아니었으리라
돈 버는 얘기는 더더욱 아니었으리라

그러지 않고서는
그렇게 즐겁고도 기쁘게
광채 나는 얼굴로
자신 넘치게 꼿꼿이
근심이라곤 조금도 없이
소풍길 어린아이처럼 소곤댈 수 있을까?

우리보다 어렵고 더 불편한 이웃
누군가를 돕자는 말 아니었을까?
우리보다 남을 위하자는 말
서로 사랑하자는 말
오래 참고 견디자는 그런 말 아니었을까?

농인이 농인 아닌 것처럼

알아들을 순 없어도.

은행나무

터미널 사거리 건널목 스산한 은행나무 한 그루

선거철엔 현수막을 걸기도 하고
무슨 헬스장 광고도 덕지덕지 붙이고
강아지도 슬쩍 묶어 놓기도 한다
엊그제는 취객이 화풀이로 빌길질을 해댔다

중생들 하는 짓 환히 보면서도
투정 한 번 안 하고 묵묵히 참고만 있다

사람들 수치 삭이느라
종일 염주 알만 세고 있다

가을이 되면 또
메마른 거리에 황금빛 나비들 춤추게 한다

용문사 지장보살이다.

산수유

아직 이른 봄
노란 산수유가 얼굴을 내밀 때면
지리산 구례 산동 마을
매천梅泉의 절명시絶命詩가 생각나고
그래서 만해萬海 선생님 깡마른 얼굴과
'님의 침묵을 휩싸고 돕니다'
그 이해할 수 없었던 구절이
또 말할 수 없는 것에 침묵하라는
저 먼 나라 비트겐슈타인도 생각난다

흰 눈 뿌리던 날
빨간 열매 하나를
사이좋게 나눠 먹던 부부 새도 아른거리고

찬바람 속에서
서둘러 데리고 온 봄
내 봄은 늘 이렇게 상상으로 열리었습니다.

* 매천 황현 선생님은 1910년 나라를 빼앗기자 절명시를 남기고 자결하였다.

인사동

가장 한국적인 거리
고풍스러운 거리
그 아날로그 자리에
디지털이 활개친 지 오래

주객이 바뀌어
순수는 가고 예술도 지고
돈바람 자본이 자리 잡았다
한때 풍류와 음유를 외치던 사람도
설 자리가 없다
빈털터리는
어디서나 푸대접

예나 지금이나
발걸음 물결치고
늘 시끌벅적한데
눈 씻고 봐도 혼은 보이지 않는다

눈 파란 이방인 몇몇
두루마기 역술인 앞에서 신기한 눈길 보낸다

대원군도 인사동에 나와
여기가 어디냐고 묻는다.

왜일까요

관능 불태우는 양귀비꽃보다
풀밭 사이 가녀린 패랭이꽃이 더 사랑스러운 까닭은
왜일까요

외제 차에 명품 걸친 번지르르한 숙녀보다
두 아이 앞을 보며 사는
만둣집 아줌마가 더 존경스러운 이유는
왜일까요

어느 날 TV에서
중풍 시어머니 모시면서 자원봉사까지 앞장선
시골 아낙이 안 잊힌 이유는
왜일까요

그런데도
자꾸만 경국지색 양귀비꽃과
허례허식, 물질의 덫으로 빠져드는 이유
정말 왜일요.

오점

"호랑이 나온다!"
"저기 순사 온다!"
말 한마디에 울음 뚝 그치고
간이 오싹하던 시절 있었다

호랑이 같은 선생님
완벽주의 직장 상사도 죽도록 무서웠다

무서움이 남아 있다는 건
희망이 있는 것이고
그래서 생기가 있는 거

이제 무서울 것 없는 나이가 됐다
무서움도 삼켜 버린 세월
오랜 속물 근성
퇴적된 이기심
이런 보잘것없는 삶이
쌀 항아리 뉘처럼
벌레 먹은 과일처럼
끈질기게 붙어 다니고 있다

오점으로 남아 있다.

자신감 넘친 사람

1.
95세 할머니가 성경을 120번 필사하시고
그것도 아흔 넘어서 세 번을 하셨다
골반 골절로 거동은 불편하시지만
정신만은 총총하시다
얼굴은 자신감 충만
마음은 호수처럼 잔잔하시다.

2.
체력 약해 군대도 못 가고
마흔다섯까지는 상습 소화불량
그래서 다른 사람 절반도 못 먹던 사람
그 후 22년간 하루도 거르지 않고
계양산을 오르내렸다
27킬로미터를 매일 걷고 뛰었다.

지금은 고기 3인분을 거뜬히 먹는다
허벅지는 쇠붙이. 신체 나이 50대 초반이란다
대리운전이라야 수입은 쥐꼬리

그래도 "세상이 그렇게 즐거울 수가 없어요"란 말
입에 달고 다닌다
자신감이 용광로 같은 분이시다.

3.
임대 사업하는 조씨는 기술 자격증이 18개나 된다
건설배관, 전기안전, 기계장비, 용접, 도배장판,
목재공예, 컴퓨터 등등…
울진 산골에서 혈혈단신 올라와
오뚝이처럼 우뚝 섰다.

예순을 넘긴 나이에도 청소 보수 손수 다 한다
임차인은 그를 맥가이버라고 부른다
솔선수범 자수성가가 딱 어울리는 사람이다
불평이란 아예 없다
어떠한 장애물도 뛰어넘겠다는 자신감만 있다.

여향餘香

딸기를 먹고 나면 손끝에 과일 향이 머물러 있다
아침에 일어나면 어깨에 아내 내음이 한동안 남아 있다
새 책 종이는 내내 코끝을 춤추게 한다
우거진 숲은 바라만 보아도 산향기가 몸에 밴다

내 스쳐간 자리 몇 방울 향기나 남겼을까?

제5부

구름이 하늘을
가릴 순 없다

지금 와 보니

지금 와 보니
가난을 물려주셨어도
안분지족安分之足하신 부모님이 더 낫고

지금 와 보니
좀 볼품없고 어벙하지만
되바라지지 않는 아내가 더 낫고

지금 와 보니
출세 못하고 돈벌이 박한 친구가
사람 향기 나서 더 낫다

그런데
좀 가난하고
좀 못 배우고
출세 못한 자식이
효도도 더 잘한다는데
정작 내 딸은 그리되지 않기를
그것만은 피해야 한다고 기를 쓰고 있었다

지금 와 보니.

거미줄

거미는 수십만 번 거미줄을 쳐서
한 마리 벌레를 잡고

딱따구리는 가냘픈 머리로
또르르 또르르 한나절 나무를 쫀다

김영택 화백은 수십만 번 점을 찍어
판화 한 점을 완성했고

이희아 피아니스트는 네 손가락으로
5년 반 동안 즉흥환상곡을 두들겼다

과연 우리는,
한평생 불가능한 일들
몇 번이나 해 보고 내팽개쳤을까?

60 고지

나는 60이 한참 남은 고지인 줄 알았다
아니 나의 미래가 아니라
그들만의 딴 세상인 줄 알았다

막상 60 고개를 넘고 보니
노년의 고지는
쓸쓸한 곳만도 아니었다
과거는 든든한 받침
비록 덜컹거리고 삐걱거렸어도
생각보다 견고하였다

한때 반짝거리기도 했으나
가시밭길 아닌 적 없었던 시절
험한 길 헤친 긴 탐험

다다른 고지는 아득하였다
하지만 창窓처럼 투명하였다

비로소 관망자가 될 수 있었다.

구름이 하늘을 가릴 순 없다

나는 나에게 묻는다
"넌 뭘 그리 감추니?"
"넌 왜 그리 꾀를 부리니?"
하루에도 몇 번씩 묻는다

대답을 안한다
못한다
또 묻는다
역시 대답할 수가 없다

나를 열지 않았다
열 수 없었다

하늘 쳐다보며 외친다
"오, 청정무구여!"
"오, 순수여!"

구름이 하늘을 가릴 순 없다.

무선 이어폰

아야,
서울 것들은 뭐하는 짓들이라냐?

왜요, 어머니?

쩌번에 전철에서 보니께
젊은 것들이 죄다 보청기를 끼었드라

예, 어머니
시끄러워서 귀를 막고 있었나 봐요.

백로

무연히 들판을 바라보는 백로 한 마리

무슨 까닭 있어 홀로 수심 안고 있는가?

어느 날
또 다른 백로가
마치 세상을 굽어보듯
하늘을 유유히 헤엄치고 있었다

그날 이후
조막 참새든 바닷가 갈매기든
모든 비조류飛鳥類에겐 수심 따위를
묻지 않기로 하였다.

* 조정권의 〈응달의 뜻〉이란 글을 읽고 쓴 시다.

붕어빵

나 어릴 적
고드름이 주렁주렁하던 날
창호지 쇠고리가 엿처럼 달라붙던 날
외할머니가 사 주신
영암터미널 붕어빵
혓바닥 댄 줄도 모르고 호호 불며 먹었었지

강산이 대여섯 번 바뀌고
이 빵 저 빵 다 맛보았지만
더 맛있는 빵은 없었어

그날 이후 모든 빵은
메이커건 명장 것이건 다 들러리
왕좌는 단연 붕어빵
보충대 시절 꿀맛 같은 삼립 크림빵이 그 다음쯤 될까

배고픔이 까마득해진 지금
빵과 자유를 들먹이고 있지만
후끈거리게 하는 유년의 장막帳幕까지
지울 수는 없는 일이다.

긴 오후

푹푹 찌는 한낮 깜빡 잠이 들었다
딸아이 어릴 적 그네 태워 주는 꿈을 꾸었다

깨어 보니 패티김 CD가 혼자 돌고 있고
창밖 매미는 아직도 울음을 토해 내고 있었다

전철에서 깜빡 잠이 들어
종착역까지 갔던 기억

어렸을 적 낮잠에서 깨어나
학교 간다고 가방 챙기던 그런 기억

영혼이 불멸한다면
죽음도 이런 잠일까

부활이 존재한다면
이렇게 깨어나는 걸까

이런저런 생각 문득 잠긴 오후
생에 가장 짧고도 긴 오후.

돌연사

죽음을 슬퍼하고 추모하는 것은 선한 일이다

역전 8층 건물주 김씨가 60대 나이에 돌연사했다
엊그제 새벽 헬스장에서 일어난 변고였다
장례 며칠 뒤 알게 된 사람들 소문은 무성했다
"그렇게 구두쇠로 살더니 결국 심장마비로 죽었군.
그 많은 돈 입술 빨간 마누라만 좋게 생겼군.
쯧쯧…."

동네 경로당 한 번 안 들렀다고 한다
임차인들에게 말 한마디 따뜻하게 안 했다고 한다
믿고 싶지는 않지만 돈 빌려 달랄까 봐
이웃에게 웃음 준 적 없다 한다

손끝 찔러도 피 한 방울 나오지 않게 인색한 사람
무슨 업보니 환생이니 이런 말을 신봉하지 않지만
뜬금없이 파리의 전생이 궁금해졌다

외롭게 부자 되기 어렵고
이웃 사랑하기도 힘들지만
가진 자가 베푸는 문은 정말 좁긴 좁은가 보다

호랑이는 죽어서 가죽을 남기고
사람은 이름을 남긴다
하지만 3일 만에 버려진 이름도 있다.

수건

기념일이나 모임 날이 새겨진 수건
그것 몸 닦는 거 이상
쉽게 넘길 물건이 아니더라

우리 집엔
'2002. 9. 25. 영암향교 석전제 기념' 수건이 있다.
부친 생전에 향교 출입을 하시면서 받아온 것인데
시골집 다락에 어언 10년 포장된 채로 있다가
여차여차 내가 여기까지 가져와 쓰고 있다

또 하나는 '2004. 7. 21. 최점열 칠순 기념' 수건
최점열은 내 이모부신데
농촌 살면서 평생 낫 한 번 안 잡아 본 한량이었다
그 업보인지 요양원에 7년 계시다 가셨다
그 노란 수건이 지금 세면장에서 가끔 보이는 것이다

돌아가신 지 수 년이 지났지만
쓸 때마다 그분들 생각이 나니
망혼亡魂이 묻어 있는 것은 아니겠지만
어떤 역사와 사연을 끈질기게 붙들고 다니는 것이다

우리 죽은 뒤에도 똑같은 유산을 물려줄 테니
수건은 자기 태생 일만 기억하는 것이 아니라
우리 죽을 날도 쳐다보고 있는 것 아닌지 모르겠다

선명한 글씨며 올 하나하나가 여간 긴 생명력으로
우리를 감시하고 있는 것이다.

* 이성복 시인의 글 중 '수건'에 관한 이야기가 있는데,
  나의 시상과 얼추 비슷하였다.

3단계

자식을 낳고부터
세상을 좀 배웠고

부모님 돌아가시고부터
세상을 좀 더 알게 되었고

죽음이 가까워지면서
세상을 조금씩 깨닫게 되었다.

아름다운 외식

아내가 어머님 손을 다정히 잡고
식당 안을 들어서고 있었다
테이블에 앉아 주문하려는데

한 남자가
자신 넘친 목소리로
"시어머니세요, 친정어머니세요?" 하고 묻는 것이었다

"시어머니예요."

돌연 벌레 씹은 얼굴!
뒤에서는 여자 코웃음 소리가 들렸다

아마 장난삼아 내기를 한 모양이다
"요즘 저런 며느리가 어디 있어?"라고
확신한 남자의 완패였다

"별걸 다 내기를 하네" 했지만
내심 아름다운 외식이 되었다.

영광 굴비 屈非

오늘 아침
모처럼 굴비가 상에 올라왔다
딸아이는 오늘도 젓가락으로 깨작이고 만다

나 어릴 적 어머님은 생선 안 좋아하신다며
상 물릴 때쯤 머리만 드셨는데
어리석게도 속마음을 알아차리지 못했다

고려 때 두 딸을
두 왕에게 시집 보내
장인도 되고 외할아버지도 되었다는 이자겸
굴복하지 않는다는 그 생선
그 멋진 이름이 탐욕의 산물이라는 것도
한참 뒤에 알았다

가난한 아낙이 품꾼 남편에게
얼마나 굴비를 먹이고 싶었으면
수수밭에 찾아온 굴비 장수 영감에게
그거 한 번 해 주고 바꿔 먹었다는
서글픈 얘기도 최근에서야 들었다

나는 오늘도
쓸데없는 허섭스레기,
공해 같은 잡념들로 삶을 채운다

사연 많은 굴비 덕분에.

케이크 자를 때면

둥그런 케이크 자를 때면
축하보다 사랑을 생각한다오

이 세상도 저렇게 둥글고 부드러웠으면 하는 사랑
달콤했으면 하는 사랑

케이크가 나눠질 때면
축하보단 분배를 생각한다오

한 조각씩 나눠 먹는 기쁨
가난한 다수를 위한 부富의 분배

푹신한 케이크 향이 코를 설레게 하고
촉촉이 입을 축일 때
지하철 계단 헐벗은 이들이 생각난다오

그리고
눈물처럼 흘러내리는 촛농에서
저 허망한 수저질에서

지금껏 걸어온 아슬아슬한 길이
아직도 가야 할 아찔한 터널이 떠오른다오.

요양원

아들 넷 딸 하나 둔 할머니는 병명病名이 없다
아들 며느리는 잊을 만하면 오지만
막내딸은 날마다 꼬박꼬박 찾아온다

비가 오고 바람이 불고…

오늘은
딸이 엄마를 두고 가는 것이 아니라
엄마가 막내딸을 떠나보낸다
딸아이 젖 떼던 날 그런 햇살이 비친
요양원 창가 너머로 딸을 보낸다
젖은 눈 애써 훔치며 어서 가라고 손짓한다

사랑한다는 말도 못한 채
차마 당신 짐 미안하단 내색도 못한 채
영영 떠나버리기라도 할 것처럼.

평화주의자

8년 전 아버님 돌아가시고
천릿길 홀로 계시는 어머님께
매일 아침 문안 인사를 드린다
일상이다

어머님은 늘,
어제도 회관에서 잘 놀았다
편히 자고 잘 먹었다
도우미도 잘 하더라
필요한 것 없다 하신다
웬만한 불편은 괜찮다 하신다

난 어머님 천성이 평화주의자이신 줄 알았다

알고 보니 아들 걱정할까 봐
그렇게 말씀하신 거였다

올해 아흔이시다.

자슥아, 너나 잘해

전철 옆 좌석
한때 종로나 마포에서 한가닥 했을 법한 분이
안경 너머로 서투른 자판을 두드리고 있었다

숨소리며 몸짓이 예사롭지 않아
나도 모르게 곁눈질을 하고 말았는데…

"며늘아기야,
한 번만 용서해 주면 안 되겠냐?
할 말이 없다만
못난 아비가 이렇게 빈다."

어느새
애탄 가슴 실은 전철
꽁무니를 어둠 속으로 감추고 있는데

바로 그때
몇백만 분의 1초 동안
전신에 전류가 흐르더니
또렷한 한마디 음성이 들렸다

"자슥아, 너나 잘해!"

여태껏 며느리는커녕
딸 하나 받들며 육십을 사는 나.

응급실

아내가 식중독으로 응급실에
허겁지겁 실려 갔다
입은 타들어 가고
모두 사천왕상四天王像에 겁먹은 얼굴들이었다
그때
한눈에 봐도 위급 환자인 상노인이 실려 왔다
모자 눌러쓴 아드님
얼마나 자주 들락거렸는지
위급함도 일상처럼
핸드폰을 두드리며 웃고 있었다.

추석 이틀 전

누런 들녘을 한참 걸었다
아무도 만나지 못했다

동쪽에서 희미한 달이 얼굴을 내밀고
서쪽에서 해가 숨기 시작했다
해와 달이 양손에 잡혔다

서울에선 소식이 없고
벼 익는 소리 떠들썩하였다

얼마 전 여우비가 장난스럽게 뿌리더니
이튿날 구름은 온 창공에 요술을 부리었다

참 오래된 일이다.

치매 보험

통장을 다 써서 바꾸러 갔더니
은행 창구 직원이
치매 보험을 들라고 한다

치매?
치매는 암보다 확률이 높고
앞으로는 자식이 간호 않는 추세란다

에둘러 표현했을 뿐
당신도 치매에 걸릴 가능성이 크니
자식이 돌봐줄 리 없으니
어서 들으시오,
이 말 아니겠는가

사람은 누구나 비현실적 낙관주의자
나라고 모집단에서 빠진다는 보장은 없는 일
세상 돌아가는 걸 봐도
누가 책임져 주리라고는 아예 생각할 수도 없어

하루에도 몇 번씩 깜박깜박
실감난 세포 노화
그래서 덜컥 겁부터 나는 말, 치매

기억이 희미해질수록 사랑은 선명해진다는
노부부의 사랑 영화도 있고
황홀한 빛 가득하고
아름다운 노래 들리는 곳이라던
시인의 죽음 이야기도 있지만

그건 영화나 시에서 얘기고
현실에선 주적主敵이고 공포 아닌가
약탈이고 상실 아닌가

나아질 것 없는 육신
썩어 문질러질 몸
그저 그런 일 없기를 바랄 뿐이다

인생은 아슬아슬한 경주
영원한 고독.

호박과 도깨비바늘

고향 집 마당에 매화 한 그루
호박넝쿨이 얼씨구 좋다 칭칭 감고 올라가
늙은 호박을 매달고 있다.
염소 한 마리 너끈히 묶을 그 큰 덩치 어찌할 수 없어
아들 오기만 기다렸는데

"올 시안에 회관에 가져가야 쓰건는디"
이 말만 입에 달고 계셨는데…

까치 몇 마리 홍시 하나 나눠 쪼아 먹던 어느 날
낮달이 파란 하늘에 희미하게 둥둥 떠 있던 가을날

육십 먹은 아들이 매화나무 늙은 호박을
속시원히도 해치웠다
그런데 허겁지겁 달려든 아들 바지에
도깨비바늘이 치렁치렁 붙고 말았다
늙은 호박도 뒷전
노모 마음은 도깨비바늘 떼시기에 바쁘다
학교 다녀오는 길 함박눈 흠씬 맞던 날
그런 손길로 털어 주신다

배부른 까치와 한가한 낮달이 해반주그레 웃고 있다.

기홍 생각

▶ 광복절 날 아침
인터넷 바둑 사이트에 들어와
수락을 하고 보니 일본 사람이었다.
최선을 다했지만 지고 말았다.
감옥에서도 우리 땅을 돌려 달라고 외치던
항일 지사에게 죄를 짓는 것만 같았다.

▶ 성서는 모두 하느님 말씀이다.
그러나 성서로만으로 하느님을 알 수 없다.
비밀의 영역과 영혼의 세계가 따로 있기 때문이다.
그것이 성서의 비밀이고 신비이다.

▶ 신의 존재에 의문을 가졌던
스티븐 호킹 박사가 하늘의 부름을 받았다.
바로 그날 재물을 좋아하신
대한민국 전직 대통령은 검찰 부름을 받았다.

이튿날 하느님은 봄비를 내리셨다.

▶ 모든 꽃은 원의 속성을 지니고 있다
꽃 모양이 사각형이건 오각형이건
또는 별모양이건 간에
그것은 외형일 뿐

꽃의 알맹이는 모두 둥글다.
꽃은 오직 원을 위해서
자기의 모든 외형을 포기한다.

▶ 나는 바보이고 죄인이다
그러나 덜 바보이고 덜 죄인이 되기 위해
노력하며 살아간다.

▶ "모든 게 내 탓이오"라고 느낄 때
그래서 문제의 실마리를 자신에게서 찾으려고 할 때
비로소 어른이 되었다고 할 수 있다.

▶ 우리는 책을 통해서 많은 것을 배운다.
그리고 스승의 가르침을 통하여
지식을 습득하게 된다.
하지만 진정한 배움은
책도 아니고
스승도 아니고
바로 자기 자신의 깨달음이다.

▶ 물은 차면 넘친다.
어느 경계선을 넘으면 반드시 넘친다.
돈에도 그런 경계선이 있는 것 같다.

사람이 돈을 끌고 다니는지
돈이 사람을 데리고 다니는지
그 지점이 바로 돈의 경계선이다.

▶ 자기 얼굴을
밝고 환한 꽃처럼 만들고
다이아몬드처럼 빛나게 하고 싶거든
잔잔한 호수처럼 마음을 평온하게 하라.
그리고
마음속에는 항상
순수라는 보석을 간직하여라.

▶ 꽃 중에서
우리 민중과 가장 닮은 꽃을 고르라고 하면
민들레나 씀바귀, 개망초 꽃이 아닐까 한다.
누구 보살핌 없이도 스스로 피고 지는 꽃들이다.
수만 년 동안 자생력을 길러 왔으므로
생명력과 번식력이 왕성하다.
역사적으로 민중이란 왕조는
멸망 후에도 다시 일어섰다.
풀밭에 여리게 핀 들꽃들을 보면
아무리 어려운 역경 속에서도 다시 살아남았던
우리 민중을 떠올리게 된다.

▶ 조병화, 김현승 두 분은 매우 훌륭한 시인이다.
그러나 만약 두 분이
상대의 시를 심사하는 심사위원이 되었었다면
아마도 높은 점수를 주지 않았을 것이다.
그만큼 두 분의 개성과 취향, 추구하는 바는 다르다.
그러한 예는 얼마든지 있다. 당연하지만.

▶ 앞으로 안과는 의대생에게
매우 인기 있는 분야가 될 것이다.
너나 할 것 없이 핸드폰을 달고 사는 현대인의
눈이 정상적일 리 만무하기 때문이다.

▶ 박재삼 시인의 시를 꼼꼼히 읽다 보면
그가 60대에 생을 마감했다는 사실이
너무도 나를 슬프게 한다.

"시름으로 고인 내 간장 안 웅덩이를
세월의 동생 실개천이 말갛게 씻어 주며
흐르고 있고…"
− 〈정릉 살면서〉 일부

▶ 채근담 중에서 가장 시적인 장을 꼽으라 하면
전집 82와 후집 23장을 꼽겠다.

風來疎竹 風過而竹不留聲
雁渡寒潭 雁去而潭不留影(전집 82장)
松澗邊 携杖獨行 立處 雲生破衲
竹窓下 枕書高臥 覺時 月侵寒氈(후집 23장)

▶ "책도 강물처럼 바다처럼 깊이를 가지고 있습니다.
그리고 어떤 책이든지 그 깊이는
놀랍게도 읽는 자의 깊이와 정비례합니다."
이외수 선생님 말씀이다.
감히 한마디를 추가해 본다면,
"사물을 바라보는 눈은 더욱 그러하다!"

▶ 적당한 고통 뒤에 따라온 행복이 더 달콤하듯
적당한 구속을 수반한 자유가 더 값지다.
구속 없는 자유는 사람을 게으르게 만들 뿐이다.
구속으로부터의 자유는
진정한 자유가 아닐지도 모른다.

▶ 큰 꽃도 있고 작은 꽃도 있으리라.
오래오래 피는 꽃도 있고 일찍 지는 꽃도 있으리라.
들에 피는 꽃도 있고 산에 피는 꽃도 있으리라.
돌계단 사이에 아슬아슬 피는 꽃
이처럼 당당하고 겸손한 꽃 어디 있으랴.(민들레)

▶ 새벽녘 길을 나서는데
  동편 느티나무 위에 걸린
  딸 손톱같이 생긴 조각달과 샛별 하나가
  겨울 하늘을 홀로 지키고 있었다.
  수십 년 동안 꼭 나를 지켜 준 것만 같아
  기억 속에서 떠나보낼 수가 없었다.

▶ 나이 들수록
  시간이 무겁게 다가온 것은 사실이지만
  열심히 살라고 격려해 준 것 또한 시간이다.
  어느새 피고 지는 한 송이 꽃처럼 살며시 왔다가
  조용히 사라지는 시간이여!

▶ 우주의 근본이 사랑이라는 말은
  언뜻 이해하기 힘들 수도 있다.
  하지만 우리가 먹는 음식이
  어디에서 나왔는지를 생각해 보고
  겨울날 창문에 비친 따뜻한 햇살이
  방안의 냉기를 녹여 줄 때
  태양과 대지의 고마움을 모르는
  사람은 없을 것이다.
  바로 그것이 우주의 위대한 사랑이다.

시인의 말

알면 사랑하게 되고 사랑하면 보이게 된다는 말이 있다.
시도 그렇다고 믿는다.
그러나 시를 놓고,
시를 아는가 사랑하는가라고 물으면
어느 누가 쉽사리 답을 할 수 있을까?

바로 이러한 물음이 꽤나 긴 세월을
끈질기게 잡아당기고 채찍해 왔다.

다행히도 시가 내 가슴속 테두리를
크게 벗어나지는 않았다.
만약 그렇지 않았다면
이 시끄러운 세상을 어떻게 건너왔으며,
공허한 시간을 어떻게 채웠을까?
그것만으로도 최소한 시는 나에게 고마운 동반자다.

시에게 한없이 미안하고 면목없지만.

2020년 11월
박 기 홍

박기홍 제3시집

둥근달도
삼각형으로
보일 때가 있다